KOUJI SEO
涼風
SUZUKA
7

SOMMAIRE

涼風
SUZUKA
#50
CADEAU
C'EST YAMATO ET SU-ZUKA ?!
QU'EST-CE QU'ILS...
FONT ENSEMBLE ?

HMM, BONJOUR... !
TANTE AYANO, JE PEUX AVOIR UN THÉ, S'IL VOUS PLAÎT... ?
TU NE POURRAIS PAS TE LEVER EN MÊME TEMPS QUE TOUT LE MONDE ?
JE N'EN FINIS PLUS AVEC LA VAISSELLE.
ELLE A RAISON, TU N'ES QU'UN FLEMMARD !
OUI... JE SUIS DÉSOLÉ...
AU FAIT, YAMATO...
TU AS TROUVÉ CE QUE TU ALLAIS OFFRIR À HONOKA, POUR SON ANNIVERSAIRE ?
...
OUI, UN JOLI COLLIER...
J'ESPÈRE QUE TU NE T'ES PAS FIÉ À TES GOÛTS !

JE NE VOIS PAS POURQUOI TU T'EN FAIS... HEIN, GORO ?
RON RON
IL EST VRAIMENT TRÈS JOLI... !
HM ...
BON... JE DOIS Y ALLER.
TU NE VEUX PAS UNE AUTRE TASSE DE THÉ ?
NON, MERCI !
FLAP
FLAP
TU ME LE MONTRES, CE COLLIER ?
IMPOSSIBLE... IL EST EMBALLÉ !
MANIAQUE !
JE NE SUIS PAS MANIAQUE !
ARRÊTEZ DE VOUS DISPUTER !

RLAAAAH
JE VAIS TOUT DE SUITE ALLER LE LUI DONNER !
HEIN ?
QU'EST-CE QUE TU FAIS LÀ ? TU N'ES PAS DANS TA CHAMBRE ?
NON... JE...

ESSAIE DE NE PAS FAIRE DE GAFFE QUAND TU VERRAS HONOKA, D'ACCORD ?!
NE FAIS PAS TOUT FOIRER EN PARLANT À TORT ET À TRAVERS !
OUI...
T'IN-QUIÈTE, JE NE DIRAI PAS UN MOT !
ALORS LÀ, J'AI DU MAL À TE CROIRE !
À TON AVIS, TU PENSES QUE J'AI BIEN CHOISI... ?
JE NE SUIS PLUS TRÈS SÛR...
...
AIE CONFIANCE EN TOI !
TU L'AS TROUVÉ JOLI, PAS VRAI ?!
EUH... !
EUH... OUI...
C'EST VRAI !
JE VAIS LUI OFFRIR !
OK !

SAKURAÏ
ÇA VA ALLER ...
DU CALME, ÇA LUI PLAIRA... !
DING DONG
OUI !
DING DONG
OUPS.. C'EST ELLE !

RLAAAAH
SA... SA-LUT !
ÇA VA ?
YA-MA-TO... ?
TU ES BIEN MATI-NAL... QU'EST-CE QUE TU VEUX ?
EUH... RIEN DE SPÉ-CIAL...
JE... EUH...
JOY... JOYEUX ANNIVER-SAIRE !

C'EST GENTIL, MERCI !
COMMENT AS-TU SU QUE C'ÉTAIT MON ANNIVERSAIRE ?
PAR... PAR HASARD !
SUPER... ELLE EST CONTENTE !
JE VOULAIS TE FAIRE UNE SURPRISE !
EUH... C'EST-À-DIRE QUE... EUH...
EN FAIT, SAOTOMÉ M'EN A PARLÉ, HIER.
ELLE M'A DIT QUE TU ÉTAIS ALLÉ CHERCHER UN CADEAU...
AH BON ?
JE CROIS QU'ELLE A PARLÉ TROP VITE... ELLE ÉTAIT TRÈS ENNUYÉE.
GRR...
JE SUIS SÛR QU'ELLE L'A FAIT EXPRÈS !

EN TOUT CAS, C'EST UNE ATTENTION QUI ME TOUCHE ÉNORMÉMENT !
JE TE REMERCIE DU FOND DU CŒUR...
DE... DE RIEN...
ÇA ME FAIT PLAISIR AUSSI...
J'AI ESSAYÉ DE SUIVRE SON CONSEIL...
ET DE FAIRE COMME SI JE NE M'Y ATTENDAIS PAS...
MAIS JE NE SAIS VRAIMENT PAS MENTIR !
JE SUIS TROP SINCÈRE.
AH...
MENTIR...

MOI, C'EST PAREIL...
FAUT QUE J'Y AILLE ! J'AI RENDEZ-VOUS AVEC YASUNOBU !
C'EST AVEC SUZUKA...
ESSAIE DE NE PAS FAIRE DE GAFFE QUAND TU VERRAS HONOKA, D'ACCORD ?!
NE FAIS PAS TOUT FOIRER EN PARLANT À TORT ET À TRAVERS !
...
QU'Y A-T-IL ?
COMMENT TE DIRE...
JE N'ÉTAIS PAS AVEC YASUNOBU QUAND...

JE SAIS, TU L'AS ACHETÉ...
AVEC SUZUKA, C'EST ÇA ?!
HEIN ?
TU... TU LE SAVAIS ?
OUI... JE VOUS AI VUS HIER, EN VILLE...
AH... AH BON...
TU NE LE PRENDS PAS MAL... ?
NON... PAS DU TOUT !

OUF...
TU VOULAIS SEULEMENT QUE QUELQU'UN TE DONNE DES CONSEILS POUR CHOISIR MON CADEAU, NON ?!
EUH... OUI, C'EST ÇA !
JE NE SUIS PAS TRÈS DOUÉ POUR CE GENRE DE CHOSES !
NE T'INQUIÈTE PAS...
CELA NE ME DÉRANGE PAS.
AH... TANT MIEUX !
FINALEMENT, ÇA SERT D'ÊTRE FRANC !
TU NE L'OUVRES PAS ?
SI !
ON S'EST VRAIMENT DONNÉ DU MAL AVEC SUZUKA !
HEIN ?

ELLE M'A TRAÎNÉ DANS TOUTES LES BOUTIQUES DE SHIBUYA !
ON Y ÉTAIT TOUJOURS QUAND ON A VU QUE LA NUIT TOMBAIT !
...
AH... VRAIMENT ?
J'AVAIS FAIM, JE NE TENAIS PLUS DEBOUT...
ET SUZUKA COMMENÇAIT À ÊTRE DE MAUVAISE HUMEUR...
FINALEMENT, C'EST MOI QUI AI CHOISI TON CADEAU.
SI J'AVAIS SU, J'Y SERAIS ALLÉ TOUT SEUL.
...
EN TOUT CAS...
IL A L'AIR D'AVOIR PASSÉ UNE BONNE JOURNÉE...

IL N'EST JAMAIS AUSSI JOYEUX QUAND IL EST AVEC MOI...
QUAND ELLE VA FAIRE LES MAGASINS...
C'EST BON...
HEIN ?
ÇA SUFFIT...
J'AI DIT UN TRUC QU'IL NE FALLAIT PAS ?
LAISSE TOMBER, JE TE DIS !
J'EN AI ASSEZ ENTENDU !
...

TIENS...
JE TE LE RENDS !
QUOI ?
STAP
MAIS... HONOKA ?!
RLAAAAAH
VLAM
FWUUUUUUUH

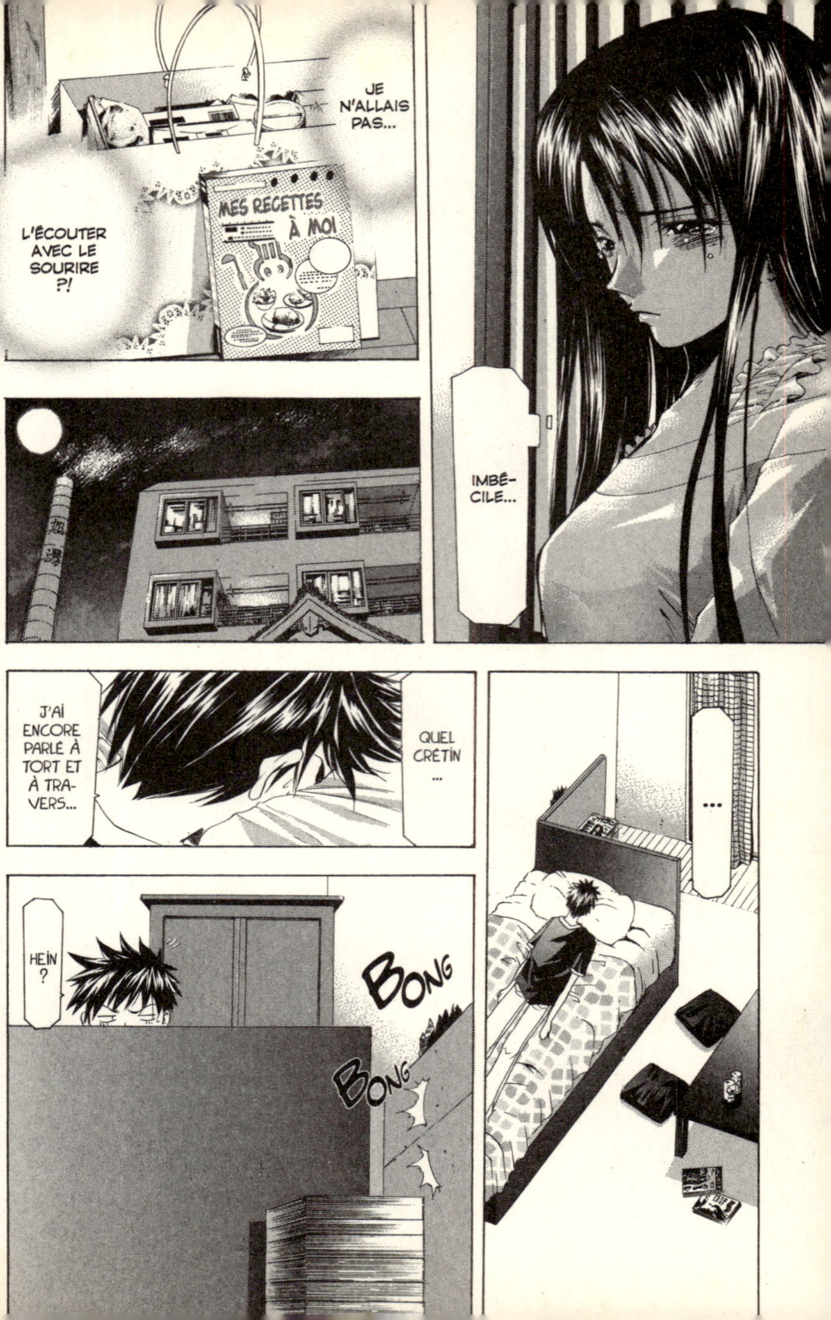
JE N'ALLAIS PAS...
MES RECETTES À MOI
L'ÉCOUTER AVEC LE SOURIRE ?!
IMBÉCILE...
...
QUEL CRÉTIN ...
J'AI ENCORE PARLÉ À TORT ET À TRAVERS...
BONG
BONG
HEIN ?

...
ATTRAPE !
ALORS, TU ME RACONTES ?
JE MEURS D'ENVIE DE SAVOIR SI ÇA LUI A PLU...
TIENS...
MAIS... TU NE LUI AS PAS DONNÉ ?!
ELLE ME L'A RENDU QUAND JE LUI AI RACONTÉ NOTRE VIRÉE EN VILLE !
T'AS PAS FAIT ÇA ?!
HEIN... ?
DE TOUTE FAÇON, ELLE ÉTAIT DÉJÀ AU COURANT...
ALORS, JE LUI AI RACONTÉ TOUT CE QUI S'ÉTAIT PASSÉ ET...
JE RÊVE...
T'ES VRAIMENT QU'UN GROS LOURD !
TU NE COMPRENDS DÉCIDÉMENT RIEN AUX FILLES !

...
DÉ-SOLÉ...
JE T'AI FAIT PERDRE TON TEMPS.
NON...
NE T'INQUIÈTE PAS POUR ÇA...
TU FERAIS BIEN DE MÉDITER SUR TON SORT !
FLOP
HÉ...
PAF
MÉDITER...
JE RECONNAIS AVOIR ÉTÉ UN PEU TROP BAVARD, MAIS...
CE N'EST PAS UNE RAISON POUR ME RENDRE LE CADEAU !

#51
INDIFFÉRENCE
4F
3F
涼風
SUZUKA

ELLE T'A RENDU TON CADEAU ?
OUAIS !
ET POURTANT, ELLE M'A DIT QU'ELLE NE M'EN VOULAIT PAS D'AVOIR FAIT LES BOUTIQUES AVEC SUZUKA...
C'EST QUAND JE LUI AI DIT QU'ELLE M'AVAIT TRAÎNÉ PARTOUT QU'ELLE A PRIS LA MOUCHE.
T'EN PENSES QUOI ? MOI, JE N'Y COMPRENDS RIEN...
...
ELLE T'A DIT QU'ELLE NE T'EN VOU-LAIT PAS D'Y ÊTRE ALLÉ AVEC SUZUKA ?
POC
OUAIS, ET ALORS ?
ELLE T'A MENTI !
QUOI ?

C'EST ÉVIDENT QU'ELLE A PRIS SUR ELLE...
PARCE QU'ELLE EST AMOUREUSE DE TOI !
TU CROIS ?
QUI POURRAIT ACCEPTER DE VOIR SON PETIT AMI SORTIR AVEC SON EX ?
SI TU AVAIS FAIT LES BOUTIQUES AVEC HASHIBA OU SAOTOMÉ, ELLE AURAIT RÉAGI DIFFÉREMMENT !
ATTENDS, LÀ, TU TE TROMPES ! SUZUKA ET MOI, ON EST JUSTE AMIS...
POUR HONOKA, C'EST DU PAREIL AU MÊME...
ÇA FAIT DÉJÀ UN MOMENT QU'ELLE EN PINCE POUR TOI !

ELLE AVAIT D'ABORD ACCEPTÉ D'EN PRENDRE SON PARTI ET D'EN SOURIRE...
JE SAIS...
TU VOULAIS QUELQU'UN POUR T'AIDER À CHOISIR MON CADEAU ?!
MAIS TOI, COMME UN IDIOT, IL A FALLU QUE TU METTES LES PIEDS DANS LE PLAT EN PARLANT À TORT ET À TRAVERS...
...
FINALEMENT... JE TE TROUVE ASSEZ ÉGOÏSTE COMME MEC !
ALORS ÇA, C'EST FAUX !
J'AI PASSÉ UN TEMPS FOU À CHERCHER UN CADEAU QUI LUI PLAISE...
J'AI FAIT UN GROS EFFORT !

OUAIS, ÇA, C'EST TON POINT DE VUE...
EN FAIT, TOUT CE QUE TU AS RÉUSSI À FAIRE, C'EST LA METTRE EN COLÈRE !
...
TU DEVRAIS ALLER LUI PRÉSENTER TES EXCUSES...
EN ESPÉRANT QU'ELLE ACCEPTE ENCORE DE TE PARLER !
AH... TU M'ÉNERVES !
ÇA NE SERT À RIEN QUE JE T'ÉCOUTE, TU N'AS JAMAIS ÉTÉ FICHU DE ME DONNER UNE SEULE FOIS UN CONSEIL UTILE !
GATAM
EH... YAMATO !
JE SUIS ASSEZ GRAND POUR ME DÉBROUILLER TOUT SEUL !
FICHE-MOI LA PAIX !
SI TU VEUX ...
DE TOUTE FAÇON, JE SAIS QUE TU IRAS T'EXCUSER...
LA FERME !

PRÊTS ? C'EST PARTI !
OUAIS !
...
ZYEUTT
ZYEUTT
EN FAIT...
JE DEVRAIS PEUT-ÊTRE ALLER M'EXCUSER...
LA VOILÀ !

STAP
HO-NOKA !
SA-LUT... EUH...
TU SAIS POUR HIER...
...
SSST
EH... MAIS... ATTENDS !
POUR CE QUI S'EST PASSÉ HIER, JE...
...

JE SUIS DÉSOLÉE...
JE N'AI PAS ENVIE DE TE PARLER...
HEIN... ?
S'IL TE PLAÎT... ÉCOUTE AU MOINS CE QUE J'AI À TE DIRE !
...
JE N'EN AI PAS ENVIE.

ALLEZ, AMÈNE-TOI !
OK !
STAP
OH ...

YAMA-
TO...
旭湯

HMM ?
QU'EST-CE QUE TU FAIS LÀ, SUZUKA ?
SALUT, YAMA-TO !
TU AS RÉUSSI TE RÉCONCI-LIER AVEC HONOKA ?

EH BIEN...
NON...
ELLE NE VEUT PLUS ME PARLER...
AH BON...
J'AI ESSAYÉ DE M'EXCUSER, MAIS ELLE N'A MÊME PAS VOULU M'ÉCOUTER...
...
JE SUIS DÉSOLÉE...
HEIN ?
POURQUOI ES-TU DÉSOLÉE ?
PARCE QUE...

SI JE N'ÉTAIS PAS ALLÉE FAIRE LES BOUTIQUES AVEC TOI, VOUS NE VOUS SERIEZ PAS DISPUTÉS...
ALORS, JE...
ARRÊTE, C'EST MOI QUI T'AI DEMANDÉ DE VENIR.
CE N'EST PAS DE TA FAUTE !
MAIS...
YASU-NOBU M'A DIT QUE...
TOUT ÇA NE SERAIT PAS ARRIVÉ SI J'AVAIS ÉTÉ MOINS ÉGOÏSTE !
ALORS TU VOIS, TU N'Y ES POUR RIEN !
...
HMM ...

ET QUE COMPTES-TU FAIRE ?
ELLE NE VEUT PLUS TE PARLER, C'EST BIEN ÇA ?
HMM...
BEN...
JE NE SAIS PAS...
FRANCHEMENT, JE NE PENSAIS PAS QU'ELLE ALLAIT SE FÂCHER COMME ÇA...
JE CROIS QUE MAINTENANT, ELLE M'EN VEUT À MORT...
...

NE SOIS PAS PESSIMISTE !
HEIN ?
CE N'EST PAS PARCE QU'ELLE NE VEUT PLUS TE PARLER QU'ELLE NE T'AIME PLUS...
RETOURNE LA VOIR, TROUVE LES MOTS QU'IL FAUT ET ELLE REVIENDRA !
TU CROIS ?
OUI !
J'EN SUIS SÛRE !

OUAIS... PEUT-ÊTRE...
C'EST CERTAIN !
ET SI TU LUI TÉLÉPHONAIS ?
IL N'EST PAS TROP TARD.
HMM...
OK !
JE VAIS TENTER MA CHANCE !
301
NHK
MERCI POUR TES CONSEILS !
DE RIEN...
JE SOUHAITE DE TOUT CŒUR QUE...
VOUS VOUS RÉCONCILIEZ !

OUI ...
JE SAIS BIEN, MAIS...
BIEN SÛR !
J'IMAGINE TRÈS BIEN CE QUE TU DOIS RESSENTIR, MAIS...
À MON AVIS, TOUT CE QU'IL AVAIT EN TÊTE, C'ÉTAIT DE TE TROUVER UN CADEAU QUI TE PLAISE...
TU SAIS BIEN QU'IL EST... UN PEU BALOURD !
IL EST JUSTE ALLÉ FAIRE DU SHOPPING AVEC SUZUKA...
RIEN DE PLUS.
NON, IL Y A AUTRE CHOSE...
AH BON... ?
JE SUIS PERSUADÉE QU'IL EST ENCORE AMOUREUX DE SUZUKA...

À QUOI BON...
CONTINUER CETTE RELATION ?
TUUUT TUUUT
ZUT...
C'EST BIZAR-RE...
ÇA SONNE TOUJOURS OCCUPÉ...

À QUOI BON...
CONTINUER CETTE RELATION ?
TUUUT
TUUUT
ENCORE OCCUPÉ...
CE N'EST PAS PARCE QU'ELLE NE VEUT PLUS TE PARLER QU'ELLE NE T'AIME PLUS...
RETOURNE LA VOIR, TROUVE LES MOTS QU'IL FAUT ET ELLE REVIENDRA !
CLAP
BON ...

TCHOF
涼風
SUZUKA
#52
RUPTURE
JE VAIS ALLER LUI PARLER !
JE NE PEUX PAS RESTER LÀ À NE RIEN FAIRE !

JE NE PEUX PAS RESTER LÀ À NE RIEN FAIRE !
JE N'AI PAS ENVIE DE TE PARLER...
...
ÇA NE SERT À RIEN DE ME MORFONDRE !
DING DONG
QUI NE TENTE RIEN, N'A RIEN !
J'ARRIVE !
STAP
STAP
...

SA... SALUT...
YA-MATO ?
QU'EST-CE QUI T'AMÈNE AUSSI TARD... ?
JE N'ARRIVAIS PAS À TE JOINDRE AU TÉLÉPHONE...
TIENS...
J'AI-MERAIS QUE...
TU ACCEPTES MON CA-DEAU !

...
JE T'AI DIT QUE JE N'EN VOULAIS PAS...
SI C'EST TOUT CE QUE TU AVAIS À ME DIRE, TU PEUX REPARTIR !
HÉ...
AT-TENDS !
QUAND J'AI SU QUE C'ÉTAIT TON ANNI-VERSAIRE, JE ME SUIS DÉMENÉ POUR TE TROUVER UN CADEAU QUI TE PLAISE !
DIS-MOI AU MOINS POURQUOI IL NE TE PLAÎT PAS !

C'EST LE MOMENT DE DIRE CE QUE TU AS SUR LE CŒUR !
JE VEUX COMPRENDRE !
J'AI VRAIMENT ESSAYÉ, MAIS...
HEIN ?
JE NE PEUX QUAND MÊME PAS ACCEPTER AVEC LE SOURIRE UN CADEAU...
QUE TU AS ACHETÉ AVEC SUZUKA !
JE T'AI DÉJÀ EXPLIQUÉ POURQUOI ELLE M'AVAIT ACCOMPAGNÉ...
TU NE POUVAIS PAS Y ALLER AVEC QUELQU'UN D'AUTRE ?
POURQUOI AVEC ELLE ?

EN FAIT...
TU AVAIS JUSTE ENVIE DE PASSER UN MOMENT AVEC ELLE !
NON... ABSO-LUMENT PAS !
TU MENS !
ÇA SE VOIT COMME LE NEZ AU MILIEU DE LA FIGURE !
QUOI QUE TU DISES, CELA NE CHANGERA RIEN !
SUZUKA EST TOU-JOURS DANS TON CŒUR !

JE SAIS TRÈS BIEN QUE TU ES ENCORE AMOUREUX D'ELLE !
JE NE COMPTE PAS POUR TOI !
ARRÊTE DE RACONTER DES ÂNERIES !
TU FAIS UNE VÉRITABLE FIXATION SUR SUZUKA !
FWUUUUH

J'EN AI ASSEZ !
STAMP
HÉ... !
NON... AT-TENDS !
AT-TENDS, NE T'EN VA PAS !
LAISSE-MOI TRAN-QUILLE !
...
HAN
HAN
HAN
EUH... ÇA VA ?
JE NE VOULAIS PAS QUE TU ME RAT-TRAPES...
BEN, FALLAIT COURIR PLUS VITE !

...
QUOI QUE TU DISES, SUZUKA EST TOUJOURS DANS TON CŒUR.
EFFECTIVEMENT, QUAND JE REPENSE À MA FAÇON DE ME COMPORTER...
JE ME DIS QU'ELLE N'A PAS ENTIÈREMENT TORT...
SUZUKA COMPTE BEAUCOUP POUR MOI, JE VEUX TOUJOURS ÊTRE AVEC ELLE...
COMME SI J'ESPÉRAIS QUELQUE CHOSE D'ELLE.

JE N'AI PAS PENSÉ UNE SECONDE QUE CELA POUVAIT BLESSER HONOKA...
Fallow
À QUOI BON CONTINUER À SORTIR ENSEMBLE... ?
TÔT OU TARD... NOUS FINIRONS FORCÉMENT PAR NOUS DISPUTER À NOUVEAU À CAUSE DE CELA...
...
JE CROIS...
QU'ON FERAIT MIEUX D'EN RESTER LÀ...

TU AS RAI-SON...
EH BIEN, VOI-LÀ ...
HMM...

PAUVRE IMBÉCILE...
HEIN ?
TU N'AURAIS JAMAIS DÛ ME DEMANDER DE SORTIR AVEC TOI !
CRÉTIN !
...
DÉSOLÉ...
C'EST PARCE QUE JE T'AI EMBRASSÉ, C'EST ÇA ?
EUH... NON !
ALORS, POURQUOI ?
PARCE QUE...
OUI ?

JE T'AI TROUVÉE TRÈS MIGNONNE, CE JOUR-LÀ !
N'IMPORTE QUOI !
TU ES PATHÉTIQUE...
SI TU CROIS QUE JE PENSE À SUZUKA À LONGUEUR DE JOURNÉE, TU TE TROMPES !
AH BON ...
QUAND TU M'ACOMPAGNAIS SUR LE CHEMIN DE L'ÉCOLE...
OU QUAND TU ME PRÉPARAIS MON DÉJEUNER...
ET AUSSI...
QUAND JE RÉFLÉCHISSAIS AU CADEAU QUE J'ALLAIS T'OFFRIR POUR TON ANNIVERSAIRE...

À CHAQUE INSTANT, JE ME DISAIS QUE C'ÉTAIT TOI QUE J'AIMAIS !
...
JE SAIS QUE TU ME DÉTESTES, MAIS...
JE NE VEUX PAS QU'ON SE SÉPARE SUR UN MALEN-TENDU !
C'EST UN PEU TARD POUR ME DIRE ÇA...
C'EST POUR-TANT LA VÉRITÉ !
...
DIS...
TON CADEAU... FINALEMENT, JE VEUX BIEN QUE TU ME LE DONNES !
HEIN ?

BIEN SÛR, MAIS... POURQUOI ?
PARCE QUE...
MÊME SI NOTRE RELATION EST TERMINÉE...
CE CADEAU ME RAPPELLERA LES BONS MOMENTS QUE NOUS AVONS PASSÉS ENSEMBLE !
JE TE REMERCIE INFINIMENT !
J'EN PRENDRAI SOIN !
...
HONOKA...
ATT... !

TU SAIS...
JE...
POUR TE REMERCIER DE TON CADEAU !

BON-SOIR !
...
oui...
BONSOIR !

#53
MINABLE
涼風
SUZUKA

TCHAC
BOSS
CALPIS
BON-SOIR !
GEORGI
¥120

CLAONG
CLONG
CLONG
QUOI QUE TU DISES, SUZUKA EST TOUJOURS DANS TON CŒUR !
TU ES TOUJOURS AMOUREUX D'ELLE...
EST-CE QUE C'EST VRAI ?
SUZUKA ASAHINA
JE N'EN SUIS PAS SI SÛR... EN FAIT...
JE NE SAIS PAS TROP CE QUE J'ÉPROUVE POUR ELLE...
CHACK

SALUT ! TU RENTRES DRÔLEMENT TARD...
ON EST PASSÉES TE VOIR !
GRMBL
QU'EST-CE QU'UN LYCÉEN PEUT BIEN FAIRE DANS LES RUES À UNE HEURE PAREILLE ?
QUI VOUS A AUTORISÉES À ENTRER CHEZ MOI ?
DÉSOLÉE, SAOTOMÉ A INSISTÉ POUR QU'ON VIENNE...
TCHACK
C'EST RIEN, J'AI L'HABITUDE...

VIENS BOIRE UN COUP, ÇA TE REMONTERA LE MORAL !
SORTEZ DE CHEZ MOI !
TU ESPÉRAIS AMENER HONOKA DANS TA CHAMBRE...
MAIS FINALEMENT, ELLE N'A PAS VOULU FAIRE DES COCHONNERIES AVEC TOI, HEIN ?
CE N'EST PAS MON GENRE !
OOOOH, T'ES SÛR ?
ALORS, C'EST QUOI, ÇA ?
UN BALLON, PEUT-ÊTRE ?
OH !
DONNE-MOI ÇA !
FWAP
TIENS, MÉGUMI !

HEIN ?
OUPS ...
JE...
BEN, QU'EST-CE QUI T'ARRIVE ? J'AURAIS PU PRENDRE UNE SUPER PHOTO DE TOI EN FLAGRANT DÉLIT, LA BOÎTE DE CAPOTES À LA MAIN !
TU AS...
CE GENRE DE TRUCS ?
...
STOMF
JE N'EN AI PLUS... BESOIN !

QU'Y A-T-IL, TU T'ES DISPUTÉ AVEC HONOKA ?
...
PIRE QUE ÇA...
ON A ROMPU !
QUOI ?
HEIN ? POURQUOI ?
QUOI ? QU'EST-CE QUE TU LUI AS FAIT POUR QU'ELLE TE PLAQUE AU BOUT D'UN MOIS ?
FICHEZ-MOI LA PAIX...
QU'EST-CE QUE ÇA PEUT FAIRE ?
C'EST PAS ÇA, LE PROBLÈME !
...

QUEL GÂCHIS !
C'EST VRAIMENT DOMMAGE D'AVOIR LAISSÉ FILER UNE FILLE AUSSI MIGNONNE.
JE SAIS...
T'EN ES VRAIMENT SÛR ?
CLUNG
C'EST PAS DEMAIN LA VEILLE QUE TU RETROUVERAS UNE FILLE AUSSI BIEN !
TU N'ES PAS PARTICULIÈREMENT BEAU ET EN PLUS T'ES FAUCHÉ...
TU N'ES PAS VRAIMENT LE GENRE DE TYPE QUI ATTIRE LES NANAS !
...

REGARDE-LE, IL EST AU BORD DES LARMES.
ÇA SUFFIT, SAOTOMÉ ! ARRÊTE DE L'EMBÊTER, LE PAUVRE !
T'ES MIGNON QUAND TU ES TRISTE, DIS DONC !
...
SAO-TOMÉ, ÇA SUFFIT !
ON N'EST PLUS ENSEMBLE, UN POINT C'EST TOUT !
YAMA-TO... ?
QUE S'EST-IL PASSÉ ?
IL A ROMPU AVEC HONOKA ?

TIC
TAC
TIC
TCHAC
QU'EST-CE QUI NE TOURNE PAS ROND CHEZ TOI ?
JE SUIS ...
DÉSOLÉ ...
CETTE HISTOIRE NOUS AFFECTE AUTANT QUE TOI !
BOM
BOM
AH ...
HEIN ?
JE NE VOIS PAS POURQUOI...

DIS, TU M'ÉCOUTES ?
BAM
EUH... OUI, OUI, JE T'ÉCOUTE !
AH, CES MECS...
IL FAUT TOUJOURS ÊTRE DERRIÈRE EUX !
GRMBL
GRMBL
QUAND ILS N'ONT PAS CE QU'ILS VEULENT, ILS FINISSENT PAR NOUS CRITIQUER.
...
EUH ...
JE NE PENSE PAS QUE...
JE SUPPOSE QUE TU N'AS PLUS BESOIN DE CE TRUC ?!
PAF
DE TOUTE FAÇON, VOUS NE VOULEZ PAS EN METTRE !
MAIS C'EST ÇA OU RIEN DU TOUT !
SPOUF
JE CROIS QUE TU AS UN PEU TROP BU...
...

IL EST TEMPS DE RENTRER, MÉGUMI...
OUAIS...
FINALEMENT, C'EST MIEUX COMME ÇA, NON ?!
HEIN ?
IL VAUT MIEUX SE SÉPARER RAPIDEMENT...
QUE DE FAIRE DURER UNE RELATION QUI NE TIENT PAS LA ROUTE.
TCHACK
ET PUIS, DE TOUTE FAÇON, CE N'EST PAS MON PROBLÈME.
BONNE NUIT !

VLAM
TOC
TOC
ELLE A RAISON...
...
C'EST MIEUX COMME ÇA...
HÉ... !
JE PEUX TE PARLER ?

...
J'AI ENTENDU TOUTE VOTRE CONVERSATION...
FWOUF
ALORS COMME ÇA, TU L'AS QUITTÉE ?
...
HMM...
POURQUOI ?
ELLE NE T'A PAS PARDONNÉ ?
POUF

C'EST...
DE MA FAUTE ?
JE NE PEUX QUAND MÊME PAS ACCEPTER AVEC LE SOURIRE UN CADEAU...
QUE TU AS ACHETÉ AVEC SUZUKA !
JE N'AURAIS JAMAIS DÛ T'ACCOMPAGNER...
ELLE T'A PLAQUÉ À CAUSE DE MOI !
HEIN ?
NON, C'EST MOI QUI L'AI PLAQUÉE...

ELLE ME CASSAIT TROP LES PIEDS !
ALORS, JE L'AI JETÉE !
HEIN ?
NOUS N'ÉTIONS VRAIMENT PAS FAITS L'UN POUR L'AUTRE...
JE NE SUPPORTAIS PLUS QU'ELLE PASSE ME PRENDRE TOUS LES MATINS...
JE NE COM-PRENDS PAS...
EST-CE QUE...
TU PARLES SÉRIEUSE-MENT ?
HMM ? OUI, BIEN SÛR !

MAIS ENFIN...
HONOKA ÉTAIT VRAIMENT TRÈS AMOUREUSE DE TOI, TU SAIS ?!
OUI, C'EST BIEN CE QUI ME CASSAIT LES PIEDS !
C'EST POURQUOI J'AI PRÉFÉRÉ ROMPRE !
JE TIENS À MA TRANQUILLITÉ...
JE LE CROIS PAS...
HEIN ?
TU ME DÉÇOIS !
PLAF

...
QUELLE IDIOTE...
DIRE QUE JE ME SUIS MISE EN QUATRE POUR UN TYPE PAREIL...
QUELLE IDIOTE !

STAP
STAP
ÇA FAISAIT LONGTEMPS QUE JE N'AVAIS PAS FAIT CE CHEMIN TOUT SEUL...
YAMATO ...

涼風 SUZUKA

#54
DÉCISION

DING
DONG
DING
DASH
BON SANG !
HAN
JE N'AI PAS VU LE TEMPS PASSER !
HEIN ?
OH... HO-NOKA...
BON-JOUR...
AH... EUH... BON-JOUR !
DE QUOI JE POURRAIS LUI PARLER ?

EUH...
...
LES COURS ONT COMMENCÉ...
...
AH...

OÙ EST NOTRE ENTRAÎNEUSE ?
BLA
BLA
VOUS NE L'AVEZ PAS VUE ?
TU SAIS OÙ EST PASSÉE HONOKA ?
HEIN ?
...
JE NE SAIS PAS...
COMMENT ÇA, TU NE SAIS PAS ?
TU DEVRAIS SAVOIR OÙ SE TROUVE TA COPINE !
CE N'EST PLUS MA COPINE !
QUOI ?

VOUS AVEZ ROMPU ?!
EUH... OUI !
HIER ...
JE COMPRENDS POURQUOI ELLE N'EST PAS VENUE, AUJOURD'HUI !
GASH
HEY ?!
ELLE NE TIENT PAS À SE SENTIR MAL À L'AISE EN TE VOYANT !
ON EST MAL BARRÉS POUR LA COMPÉTITION DE CET AUTOMNE...
CO-OL !
SST
ELLE NOUS A DONNÉ UN SACRÉ COUP DE MAIN DEPUIS QU'ELLE EST AU CLUB !
JE N'Y SUIS POUR RIEN, MOI...
BON, ELLE NE VIENDRA PLUS, MAINTENANT.
STAP
...
STAP
YAMATO, À PARTIR DE DEMAIN, C'EST TOI QUI ES CHARGÉ DE LA LESSIVE !

YAMATO A ROMPU AVEC HONOKA ?!
IL PARAÎT !
LE PAUVRE, JE LE PLAINS...
IL NE FAUT PAS TOUT LUI METTRE SUR LE DOS...
IL L'A BIEN CHERCHÉ !
ALLEZ, MIKI, UN PEU DE NERF !
SUZUKA...
ILS EN ONT TOUS APRÈS TOI...
MAIS MOI, JE SUIS DE TON CÔTÉ !
POF
HEIN ?
ÇA ME RÉCONFORTE DE SAVOIR QUE J'AI AU MOINS UN COPAIN.
MERCI, KOBAYASHI !
DE RIEN, C'EST NORMAL !
MOI, C'EST KOBAYAKAWA !
AH... PARDON...
C'EST PAS GRAVE !
T'ES SYMPA, TOI...

Café
JE ME SUIS DEMANDÉ CE QUI T'ARRIVAIT...
QUAND JE T'AI ENTENDUE PLEURER AU TÉLÉPHONE, HIER.
JE NE VOULAIS PAS PLEURER DEVANT LUI...
MAIS QUAND JE L'AI VU AUJOURD'HUI, ÇA M'A RENDUE TELLEMENT TRISTE...
EXCUSE-MOI...
TU AS MIEUX À FAIRE QUE D'ÉCOUTER MES HISTOIRES...
NON, NON ! J'AI TOUT MON TEMPS, VAS-Y !

TU CROIS VRAIMENT QUE C'ÉTAIT LA BONNE CHOSE À FAIRE...
DE ROMPRE AVEC YAMATO ?
JE N'AVAIS PAS LE CHOIX...
J'AI BEAU L'AIMER DE TOUT MON CŒUR, LUI, IL NE PENSE QU'À SUZUKA...
...
TU EN ES SÛRE ?
HEIN ?
IL TE L'A DIT ?
YAMATO T'A DIT QU'IL L'AIMAIT ENCORE ?
THRASHER
THRASHER
NON ...
IL N'A RIEN DIT ...

MAIS ...
YAMATO N'A SÛREMENT PAS QUE DES QUALITÉS, MAIS TOI NON PLUS...
TU SAIS, HONOKA...
TU N'AS PAS ASSEZ CONFIANCE EN TOI !
HEIN ?
JE ME TROMPE ?
...
JE...

ARRÊTE DE DIRE N'IMPORTE QUOI !
TU FAIS UNE VÉRITABLE FIXATION SUR SUZUKA !
SI ÇA PEUT TE RASSURER...
JE NE PASSE PAS TOUTES MES JOURNÉES À PENSER À ELLE !
QUAND TU M'ACCOMPAGNAIS SUR LE CHEMIN DE L'ÉCOLE...
OU QUAND TU PRÉPARAIS MON DÉJEUNER...

À CHAQUE INSTANT, JE ME DISAIS…
QUE C'ÉTAIT TOI QUE J'AIMAIS, HONOKA !
TU AS SANS DOUTE RAISON…
HEIN ?
S'IL M'A PLAQUÉE…
C'EST SÛREMENT DE MA FAUTE.

SI J'AVAIS EU UN PEU PLUS CONFIANCE EN MOI...
CELA NE SERAIT SANS DOUTE PAS ARRIVÉ...
HONO-KA...
ALLEZ, NE T'EN FAIS PAS !
MIGNONNE COMME TU ES, TU TE TROUVERAS VITE UN AUTRE PETIT AMI !
STAP
NANA...
JE SUIS SÛRE QUE QUELQUE PART DANS CE MONDE...
IL Y A UN HOMME QUI T'AT-TEND !
N'IM-PORTE QUOI !
TU VER-RAS BIEN !

LE LENDEMAIN...
HONOKA EST ENCORE ABSENTE...
ON VA DEVOIR FAIRE SANS ELLE...
DU NERF, LES GRAS !
EN PISTE POUR UNE COURSE !
OUAIS...
JE SUIS CREVÉ !
ÇA MANQUE DE MOTIVATION...
...
ON SE DEMANDE À QUI LA FAUTE !
STAP
STAP
STAP
HAN
HAN
HEIN ?

PAR...
PARDON POUR MON ABSENCE D'HIER...
HO-NOKA...
WAAAH
AH... ENFIN !
PAS DE PROBLÈME ! ASSIEDS-TOI !
HEIN ?
QUOI ?
TU AS SOIF ?
...
HO-NOKA...
EN PISTE, LES GARS !
SUPEEEEER
OUAIS !
...

TIENS...
IL NE FAUT PAS DÉPRIMER...
KOBAYAKAWA ?
...
MERCI, C'EST GENTIL...
PAS DE QUOI !
C'EST NORMAL !
SI TU AS BESOIN DE PARLER, JE SUIS LÀ, D'ACCORD ?
HIER...
J'AI BEAUCOUP RÉFLÉCHI...
ET ALORS ?

QUOI ?
...
JE SAIS QUE SI NOUS NOUS REMETTONS ENSEMBLE...
NOUS REFERONS PROBABLEMENT LES MÊMES ERREURS...
MAIS...
SI UN JOUR J'AI SUFFISAMMENT CONFIANCE EN MOI...
EST-CE QUE JE POURRAIS, UN JOUR...
RECONQUÉRIR SON CŒUR ?

JE N'HÉSITERAI PAS...
JE LUI DÉCLARERAI MON AMOUR...
BOUH
IL S'EST PRIS UN 2e RÂTEAU !

#55
ENCOURAGEMENTS
涼風
SUZUKA

163 CM !
168 CM !
SUI-VANT !
POUR LA COURSE DE RELAIS ?
OUI, LORS DES ÉPREUVES DE SÉLECTION D'AUJOURD'HUI, C'EST VOUS QUI AVEZ FAIT LES DEUX MEILLEURS TEMPS AU 100 MÈTRES...
NON ? SÉRIEUX ?
JE SUIS NOUVEAU DANS LE CLUB, MOI.
VOUS DEVRIEZ OBTENIR DE BONS RÉSULTATS EN RELAIS !
IL EST NORMAL QUE LES MEILLEURS ÉLÉMENTS SOIENT SÉLECTIONNÉS.
VOUS N'AVEZ DONC PAS LE CHOIX !

EN-TEN-DU !
JE VAIS ME DONNER À FOND !
...
C'EST SUPER, ÇA, YAMATO !
...
?
BONNE CHAN-CE !
EUH... MERCI...
ET MOI, TU NE M'EN-COU-RAGES PAS ?
SI, SI... BONNE CHANCE...
AUJOURD'HUI, ENTRAÎNEMENT SUPPLÉMENTAIRE POUR TOUS CEUX QUI PARTICIPENT À LA COURSE DE RELAIS !
OUI, CHEF !
OUI...

POUR LA COURSE DE RELAIS ?
TU TE RENDS COMPTE, IL EST GÉNIAL !
IL N'AVAIT PAS LE MORAL DEPUIS SA RUPTURE AVEC HONOKA...
ÇA M'INQUIÉTAIT UN PEU.
CE NE SONT PAS MES AFFAIRES...
TCHAF
TU T'ES ENCORE DISPUTÉE AVEC YAMATO, SUZUKA ?
PAS DU TOUT !
MAIS...

JE DÉTESTE LES TYPES IMMATURES !
C'EST TOUT.
C'EST VRAI... IL SE COMPORTE BIZARREMENT DEPUIS QU'IL A ROMPU AVEC HONOKA.
COUIC
MAIS CE N'EST PAS UNE RAISON POUR L'ACCABLER DE TOUS LES MAUX POUR AUTANT...
QUAND IL EN A MARRE D'UNE FILLE, IL LA JETTE !
QUOI ?
C'EST LUI QUI T'A DIT ÇA ?
TU N'AS QU'À LUI DEMANDER.
...
J'AI DU MAL À Y CROIRE...
COMMENT PEUT-IL... ?

SALUT, YAMATO !
SALUT, KOBAYA... KAWA !
ÉCOUTE, ON FAIT ÉQUIPE POUR LE RELAIS, MAIS POUR LE 100 M, C'EST CHACUN POUR SOI !
ET PUIS...
AUSSI...
LAISSE TOMBER !
VOUF
ATTENDS...
...
QU'EST-CE QUI LUI PREND ?
TU AS UNE MINUTE ?
GATAM
AAH ! TU M'AS FAIT PEUR !

QU'EST-CE QUE TU FAIS LÀ ?
J'AI À TE PARLER !
HEIN ?
C'EST AU SUJET D'HONOKA...
IL PARAÎT QUE TU L'AS JETÉE PARCE QUE TU EN AVAIS MARRE D'ELLE ?!
C'EST QUOI, ENCORE, CETTE HISTOIRE... ?
C'EST SUZUKA QUI T'A DIT ÇA ?
...
OUI... ÇA TE POSE UN PROBLÈME ?
...
HMMM
JE VEUX UNE RÉPONSE !
TU MENS !
QUOI ?

POUR QUELQU'UN QUI S'EN FOUT, TU SEMBLES BIEN DÉPRIMÉ !
QUOI ?
JE NE CROIS PAS QU'ELLE SERAIT REVENUE AU CLUB SI TU L'AVAIS PLAQUÉE POUR ÇA !
JE NE SUIS PAS NAÏVE, TU SAIS !
BON... ÉCOUTE...
TANT QUE TU NE ME DIRAS PAS LA VÉRITÉ...
JE NE BOUGERAI PAS D'ICI !
ELLE M'A DEMANDÉ...
SI J'ÉTAIS ENCORE AMOUREUX DE SUZUKA...
C'EST LA RAISON DE NOTRE DISPUTE.
HEIN ?
TU ES TOUJOURS AMOUREUX DE SUZUKA ?!

NON... ET JE NE VOULAIS PAS QUE ÇA SE TERMINE COMME ÇA.
JE ME SUIS MAL CONDUIT AVEC HONOKA, JE NE MÉRITE PAS SON AMOUR...
MES SENTIMENTS...
M'ONT SANS DOUTE TRAHI, MALGRÉ MOI.
EST-CE QUE...
TU EN AS PARLÉ À SUZUKA ?
OUI... BIEN SÛR...
JE COMPRENDS...
J'ESPÈRE QUE TU SAURAS TENIR TA LANGUE...
SUZUKA SE FAIT DÉJÀ ASSEZ DE MOURON COMME ÇA...
TU PLAISANTES, JE NE VEUX PAS QU'ELLE CULPABILISE !
YAMATO...

NON... NE T'EN FAIS PAS...
JE NE LUI DIRAI RIEN.
BON, IL FAUT QUE J'Y AILLE...
HÉ...
AT-TENDS-MOI !
ÇA NE TE DONNE PAS FAIM, LE SPORT ?
SI ON ALLAIT MANGER QUELQUE CHOSE ?
QUOI, ENCO-RE ?
QUOI ?
お好み焼き・もんじゃ
ヤナセ

JE CONNAIS CE RESTO DEPUIS LONGTEMPS...
MAIS JE N'AVAIS ENCORE JAMAIS OSÉ Y ENTRER !
...
ALORS LÀ, ELLE EST GONFLÉE !
JE PRÉFÈRE ENCORE SORTIR AVEC SUZUKA.
TU CROIS QU'ELLE EST ASSEZ CUITE ?
JE VAIS LA RETOURNER...
HOP
PAS ENCORE !
ELLE EST DÉJÀ BIEN DORÉE !
ÇA VA CRAMER, À FORCE !
TU VAS L'APLATIR SI TU LA RETOURNES TOUT LE TEMPS !
LAISSE-MOI FAIRE !
CASSE-PIEDS !

C'EST UN PLAT DE LA RÉGION DU KANSAI, NON ?!
ALORS COMMENT UN TYPE DE HIROSHIMA PEUT SAVOIR COMMENT ÇA SE PRÉPARE ?
JE SUIS UN EXPERT EN CUISINE !
DONNE-MOI CETTE PELLE !
HOP
AAAAH, IDIOTE !
LA SAUCE D'ABORD !
TU FAIS N'IMPORTE QUOI !
PAF
JE FAIS COMME JE VEUX !
FLOUTCH
TU VOIS, ELLE EST CUITE À POINT !
POF
UN PEU D'ALGUES...
AH...
POUF

DIS...
TOI AUSSI, TU AS ENCORE UN GOÛT D'ALGUES DANS LA BOUCHE ?
À TON AVIS ?
C'EST LA PREMIÈRE FOIS QUE JE MANGE DES CRÊPES AUSSI INFECTES !
LE SERVEUR N'A PAS ARRÊTÉ DE NOUS MATER !
DIS...
QUOI ENCO-RE ?
ÇA NE SERT À RIEN DE DÉPRIMER DANS TON COIN !
HEIN... ?

IL FAUT MANGER QUAND ON A UN COUP DE BLUES !
APRÈS, ON SE SENT BEAUCOUP MIEUX, TU NE TROUVES PAS ?
HASHIBA...
ET SI ELLE AVAIT FAIT TOUT ÇA POUR ME REMONTER LE MORAL ?
C'EST GENTIL À TOI DE T'INQUIÉTER POUR MOI...
JE NE SUIS POURTANT PAS DE TRÈS BONNE COMPAGNIE, EN CE MOMENT.
JE NE L'AI PAS FAIT SPÉCIALEMENT POUR TOI...
JE TE SOUHAITE BONNE CHANCE, YAMATO !
IL PARAÎT QUE TU AS ÉTÉ SÉLECTIONNÉ POUR LE RELAIS ?!
AH... AH AH...
OUAIS, MAIS... ÇA NE M'ENCHANTE PAS PLUS QUE ÇA !
POUF
J'AI REJOINT LE CLUB PARCE QUE JE VOULAIS ÊTRE PRÈS DE HONOKA !

MAIS, MAINTENANT, À QUOI BON CONTINUER...
SI ELLE NE VEUT PLUS ENTENDRE PARLER DE MOI ?
EH BIEN...
JE N'AI PAS ENVIE D'ENNUYER LES AUTRES AVEC MES HISTOIRES.
ALORS, JE ME DISAIS...
...
C'EST SÛR QU'ILS VONT T'EN VOULOIR À MORT !
...
HMM
HMM
TU NE T'ES JAMAIS ENTRAÎNÉ SÉRIEUSEMENT DEPUIS QUE TU AS REJOINT LE CLUB...
ET TU TROUVES POURTANT LE MOYEN D'ÊTRE SÉLECTIONNÉ POUR LA COMPÉTITION !

IL Y A QUAND MÊME UN TRUC INCROYABLE, YAMATO...
QUOI ?
QUAND JE TE VOIS, JE ME DIS QU'IL N'Y A PAS DE RAISON QUE JE NE SOIS PAS CAPABLE D'ACCOMPLIR QUELQUE CHOSE, MOI AUSSI...
ET C'EST CE QUE DOIVENT PENSER LA PLUPART DES GENS EN TE VOYANT.
AH...
TU CROIS... ?

J'EN SUIS SÛRE ! IL FAUT QUE TU PROUVES À TOUT LE MONDE DE QUOI TU ES CAPABLE !
TU DOIS CONTINUER L'ATHLÉTISME !
EUH ...
ALLEZ, DEBOUT !
RESTE PAS LÀ, SECOUE-TOI UN PEU !
GRAP
TU AIMES BIEN TE MÊLER DES AFFAIRES DES AUTRES...
FERME-LÀ...

ENTEN-DU...
JE VAIS RESTER AU CLUB.
...
SUPER !
ÇA TE DIRAIT D'ALLER PRENDRE UN DESSERT ?
TU M'INVITES ?
J'AI DÉJÀ PAYÉ LE RESTO, TOUT À L'HEURE !

STAP
STAP
STAP
BON...
TIENS...
EUH...
À PARTIR DE MAINTENANT, JE VAIS M'ENTRAÎNER DUR...

AURAIS-TU LA GENTILLESSE DE NE PAS ME PARLER ?
SUZUKA
涼風
#56
SENTIMENTS SINCÈRES

STAP
IL FALLAIT S'EN DOUTER...
MAIS C'EST DUR À ENCAISSER.
CLUNG
CLUNG
EUH...
TU NE SAIS PAS TENIR UN BÂTON OU QUOI ?
DÉSOLÉ !
EH BIEN...
CE MEC COURT PEUT-ÊTRE VITE, MAIS...
ON DIRAIT QU'IL A DEUX MAINS GAUCHES !
JE TE RAPPELLE QU'IL N'A PAS BEAUCOUP D'EXPÉRIENCE !

ON DIT QU'IL Y A UN DÉBUT À TOUT, MAIS QUAND MÊME !
SAAAT
À MON AVIS, IL NE PREND PAS DU TOUT SON RÔLE AU SÉRIEUX !
C'EST PAS UNE COMPÊT' DE MATERNELLE, IL VA FALLOIR TE RÉVEILLER...
ARRÊTE, IL FAIT DE SON MIEUX.
JE NE PENSE PAS !
...
SASAKI N'A PAS L'AIR DE T'AIMER.
LA FERME !
...
YAMATO...

JE SUIS NUL...
POURTANT, JE SUIS MOTIVÉ...
YAMATO !
TU AS TERMINÉ L'ENTRAÎNEMENT ?
HASHIBA... TU ES ENCORE LÀ ?!
OUI, TU VOIS...
COMMENT ÇA SE PASSE AVEC LE RELAIS ?

JE PERDS DU TEMPS BÊTEMENT, JE N'ARRÊTE PAS DE FAIRE TOMBER LE TÉMOIN...
J'ÉNERVE TOUT LE MONDE.
JE DOIS M'ENTRAÎNER DAVANTAGE. MAIS, TOUT SEUL...
CE N'EST PAS ÉVIDENT !
OUI... C'EST SÛR ...
...
DIS...
JE POURRAIS PEUT-ÊTRE T'AIDER À T'ENTRAÎNER, QU'EST-CE QUE TU EN PENSES ?
APRÈS TOUT, C'EST MOI QUI T'AI POUSSÉ À NE PAS ABANDONNER !
HEIN ?
C'EST... C'EST TRÈS GENTIL, MAIS...
LE STADE DOIT ÊTRE FERMÉ À L'HEURE QU'IL EST, NON ?!
NE T'EN FAIS PAS POUR ÇA !

JE CONNAIS UN ENDROIT GÉNIAL !
PRENDS TES AFFAIRES ET SUIS-MOI !
光の丘公園北
AU PARC ?!
MAIS NOUS SOMMES...
OUI ! ICI, CE N'EST PAS LA PLACE QUI MANQUE !
FROUSF

CETTE IMMENSE ALLÉE, TOUTE DROITE, SEMBLE PARFAITE, NON ?!
POUR... POURQUOI TU TE DÉSHABILLES ?
JE NE VAIS QUAND MÊME PAS COURIR AVEC MON UNIFORME !
LA COMPÉTITION A LIEU DANS QUELQUES JOURS. NOUS DEVONS NOUS ENTRAÎNER SÉRIEUSEMENT TOUS LES DEUX, SI NOUS VOULONS ÊTRE PRÊTS !
OUI... MAIS TU DEVRAIS PEUT-ÊTRE TE CHANGER AILLEURS !
ALLEZ, ÇA SUFFIT ! DÉSHABILLE-TOI, TOI AUSSI !
SINON, ON NE VA JAMAIS POUVOIR COMMENCER !
OÙ TU VEUX EN VENIR ?
TU AS L'ESPRIT MAL TOURNÉ, YAMATO !

TU PRO-GRESSES, C'EST BIEN !
ALLEZ, ON RECOMM-MENCE !
D'AC-CORD !
SEIKO
OK ! CETTE FOIS...
PAF

MINA-
BLE...
HAN
OH...
THUD
THUD
IL FALLAIT LE TENIR PLUS FERME- MENT !
TU ÉTAIS DANS LES TEMPS, EN PLUS !
OUI...
DÉ- SOLÉ ...

...
BON, ÇA SUFFIRA POUR AUJOURD'HUI !
HM...
JE VAIS ALLER CHERCHER DES BOISSONS...
ATTENDS-MOI, JE REVIENS !
...
IL Y A UN TRUC QUI CLOCHE CHEZ MOI...

JE PRÉTENDS VIVRE DE FAÇON INSOUCIANTE...
MAIS J'ÉVITE TOUJOURS DE CONTRARIER CEUX QUI M'ENTOURENT !
J'AI ESSAYÉ DE DEVENIR LE PETIT AMI IDÉAL POUR HONOKA...
MAIS ELLE A FINI PAR ME HAÏR À CAUSE DE SUZUKA...
ET MAINTENANT, JE VEUX M'ENTRAÎNER DUR POUR ÊTRE À LA HAUTEUR DES ENCOURAGEMENTS DE HASHIBA, MAIS...
JE FAIS TOUJOURS LES CHOSES À MOITIÉ...
ET CELA N'APPORTE QUE PEINE, COLÈRE ET SOUCIS...
JE NE SAIS MÊME PAS...
CE QUE J'ATTENDS DE LA VIE...

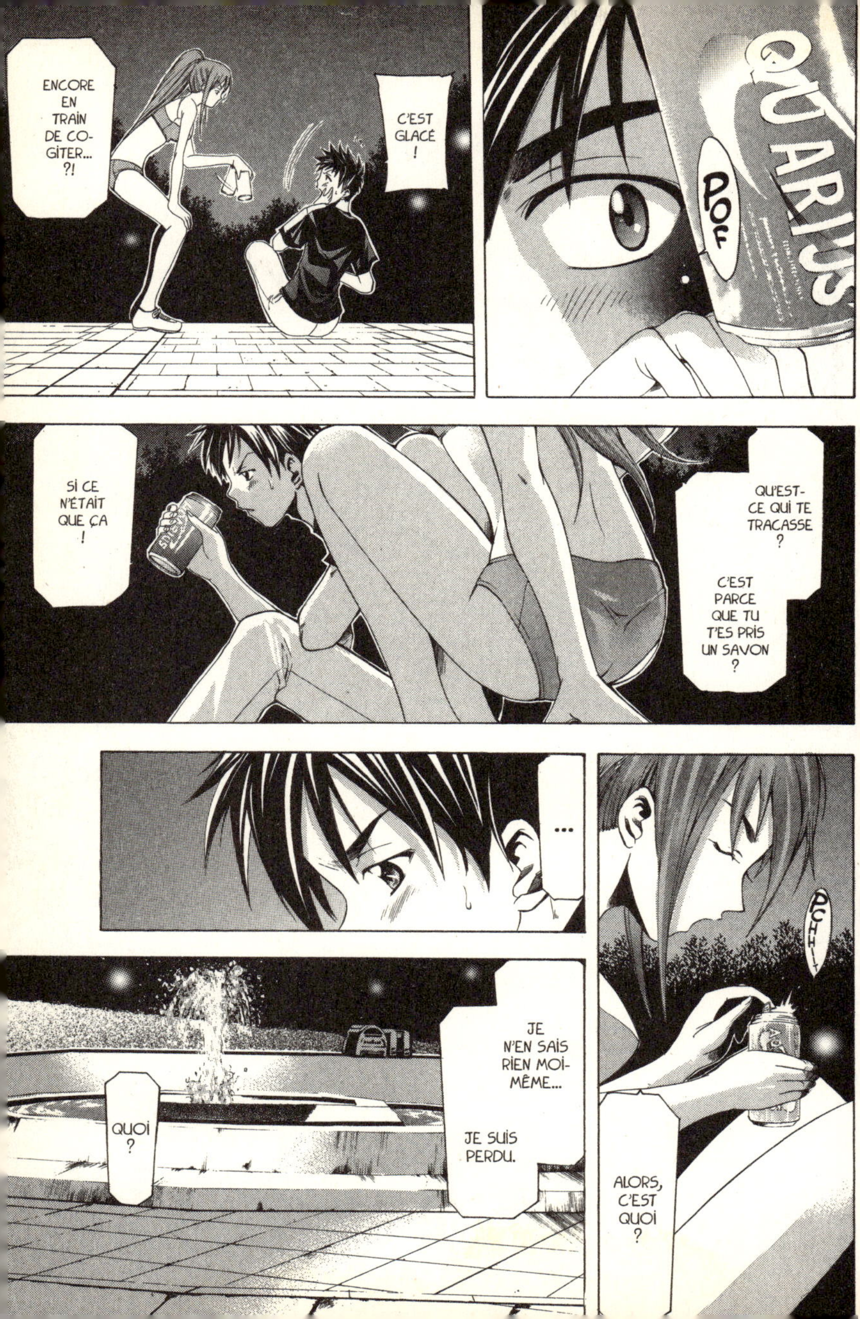
POF
QUARIJUS
ENCORE EN TRAIN DE CO-GITER... ?!
C'EST GLACÉ !
QU'EST-CE QUI TE TRACASSE ?
C'EST PARCE QUE TU T'ES PRIS UN SAVON ?
SI CE N'ÉTAIT QUE ÇA !
PCHHIT
...
ALORS, C'EST QUOI ?
JE N'EN SAIS RIEN MOI-MÊME...
JE SUIS PERDU.
QUOI ?

EXCUSE-MOI... JE NE SAIS PLUS CE QUE JE RACONTE...
JE DÉLIRE COMPLÈTEMENT...
À MON AVIS...
SUZUKA TE MANQUE...
HEIN ?
JE SUIS SÛRE QUE TU REGRETTES CE QUE TU LUI AS DIT !
...
NON, CE N'EST PAS ÇA...

DIS-MOI... ES-TU SÛR...
QUE CE N'EST PAS À CAUSE D'ELLE QUE TU AS ROMPU AVEC HONOKA ?
JE NE CROIS PAS...
JE PENSE QUE JE NE SAIS TOUT SIMPLEMENT PAS M'Y PRENDRE AVEC LES FILLES...
ALORS POURQUOI LUI AVOIR MENTI ?
CE N'ÉTAIT PAS SYMPA POUR HONOKA... TES PAROLES LUI ONT FAIT DU MAL !
TU N'AVAIS VRAIMENT PAS BESOIN DE LUI MENTIR ET DE LA METTRE EN COLÈRE !
JE SAIS !
MAIS JE NE SAIS PAS COMMENT FAIRE POUR ME RACHETER !
TU VOIS QUE TU AS DES REGRETS !
JE PEUX ALLER LUI PARLER, SI TU VEUX...
PUISQUE TU N'OSES PAS LE FAIRE TOI-MÊME...
HEIN ?

ELLE EST ASSEZ INTELLIGENTE POUR COMPRENDRE.
ELLE NE T'EN VOUDRA PAS DE T'ÊTRE CONFIÉ.
...
EH BIEN... SI TU ME LE PROPOSES...
OK ... JE LUI DIRAI DEMAIN.
...
J'AI CHANGÉ D'AVIS !
QUOI ENCORE !
C'EST À MOI... DE LUI DIRE...
POC
SI TU VEUX, MAIS...
ÇA FAIT PAS SÉRIEUX ...
MAIS JE RECONNAIS MON ERREUR...

APRÈS ÇA, JE ME SENTIRAI MIEUX !
JE NE VEUX PAS QU'ON RESTE SUR DES MALENTENDUS !
YAMATO...
MÊME SI...
JE SAIS QUE JE VAIS LE REGRETTER PAR LA SUITE...
...
TU ME FATIGUES... FAIS COMME TU VEUX.
HEIN ?
TU ES TELLEMENT DÉPRIMÉ QUE TU NE SAIS MÊME PLUS CE QUE TU DIS...

NÉANMOINS, TU LAISSES ENTENDRE QUE TU AS ENVIE DE TE RÉCONCILIER AVEC SUZUKA.
JE ME TROMPE ?
JE T'AI DÉJÀ DIT QUE...
BIEN VU...
JE NE LE COM-PRENDS PAS MOI-MÊME...
ON ME CHARRIE AVEC ÇA !
C'EST CELA, OUI !
MAIS QUELQUE CHOSE ME POUSSE À ME RÉCONCILIER AVEC ELLE.

#57
RÉCONCILIATION
涼風
SUZUKA

RÉFLÉCHISSONS...
SI JE LUI DIS ÇA...
JE SAIS TRÈS BIEN CE QU'ELLE VA ME REPONDRE...
ALORS, CETTE FOIS...
NON, ÇA N'IRA PAS...
GRMBL GRMBL
...
ARRÊTE DE MARMONNER... ÇA VA REFROIDIR !
SLUUUURP
J'EN AI MARRE ! JE N'ARRIVE PAS À TROUVER LA BONNE SOLUTION !
RHAAAA
JE NE SAIS PAS CE QUI T'ARRIVE ENCORE, MAIS ÇA N'A PAS L'AIR DE TOURNER ROND DANS TA TÊTE !
JE DEMANDERAIS BIEN À HASHIBA DE M'AIDER MAIS...

TU NE LUI AS TOUJOURS PAS PARLÉ ?
JE T'AVAIS POURTANT PROPOSÉ MON AIDE...
HASHIBA...
DE QUOI VOUS PARLEZ ?
ÇA NE TE REGARDE PAS !
OCCUPE-TOI DE TES NOUILLES !
OH... OH... TU PROFITES DE LA DÉTRESSE DE CE PAUVRE YAMATO POUR ESSAYER DE LUI METTRE LE GRAPPIN DESSUS ?
QUOI ?
MAIS QU'EST-CE QUE TU RACONTES ?
YAMATO, ÇA NE SE FAIT PAS...
DE SORTIR AVEC LA COPINE DE SON EX !
?
TU VAS ARRÊTER DE DIRE DES ÂNERIES, OUI ?!
TCHIC
JE NE DRAGUE PAS LES AMIES DE MES EX, MOI !

TU MENS COMME TU RESPIRES !
TU ME CONNAIS MAL !
ÇA NE SERT À RIEN DE RESSASSER...
JE VAIS ALLER LUI PARLER ET JE VERRAI BIEN...
PEUT-ÊTRE QU'ELLE COMPRENDRA...
STAP
STAP
STAP

GORO... ?
TU RENTRES SEULEMENT ?
STAP
OH ...
STAP
...

CLONG
CLONG
...
STAP
STAP
JE... PAR-DON...
QU'EST-CE QUE...
JE DEVRAIS TE PARDONNER ?

CE N'ÉTAIT PAS LA VÉRITÉ !
...
TU SAIS... LA RAISON POUR LAQUELLE J'AI ROMPU...
JE T'AI MENTI...
HEIN ?
QU'AS-TU ENCORE INVENTÉ ?
C'EST LA VÉRITÉ !

ON S'EST DISPUTÉS POUR DIVERSES RAISONS...
ET JE ME SUIS RENDU COMPTE QUE NOUS N'AVIONS RIEN EN COMMUN...
SUPPOSONS QUE TU ME DISES LA VÉRITÉ...
EUH...
JE SUIS SÛRE QUE TU ME CACHES QUELQUE CHOSE !
EH BIEN...
POURQUOI AS-TU MENTI LA PREMIÈRE FOIS ?

ELLE M'A DEMANDÉ SI JE T'AIMAIS ENCORE ET...
NOUS NOUS SOMMES DISPUTÉS...
QUOI ?
NE... NE VA PAS T'IMAGINER DES CHOSES !
ÇA AURAIT PU ÊTRE POUR UNE AUTRE RAISON...
DE TOUTE FAÇON, C'EST ENTIÈREMENT DE MA FAUTE SI NOUS AVONS ROMPU...

JE NE COMPRENDS TOUJOURS PAS POURQUOI TU M'AS MENTI.
PARCE QUE JE SAVAIS QUE TU AURAIS CULPABILISÉ !
ET ÇA T'AURAIT ÉTONNÉ ?
TU AIMERAIS QU'ON TE DISE QUE TU ES LA CAUSE D'UNE RUPTURE ?
REGARDE DANS QUEL ÉTAT TU TE METS !
VOILÀ POURQUOI JE NE T'AI RIEN DIT !
ET... ET POURQUOI TU VIENS ME DIRE TOUT ÇA, MAINTENANT ?
J'AURAIS PRÉFÉRÉ NE RIEN SAVOIR !

PAR...
GRMBL
PARCE QUE...
JE VOULAIS ÉVITER ÇA !
JE N'AVAIS PAS ENVIE DE ME DISPUTER AVEC TOI !
...
HEIN... ?

QUAND JE SUIS AU CLUB OU AILLEURS...
JE NE PENSE QU'À ÇA ET JE N'ARRIVE PLUS À ME CONCENTRER.
AH... JE NE SAVAIS PAS...
JE SAIS BIEN.
MAIS ÇA ME RENDAIT MALADE QUE TU NE ME PARLES PLUS...
JE N'Y SUIS POUR RIEN... MOI...
...

JE NE COMPRENDS PAS DE QUOI TU PARLES...
MAIS...
HEIN ?
SSSTT
MAIS ENFIN...
CLONG
SU-ZUKA ?!
CLONG
SUZUKA !
STAP
STAP
STAP
STAP

301
YAMATO AKITSUKI
CRWU!!!
PAF
HUMPFFF
C'EST RATÉ !
IL FALLAIT S'EN DOUTER...
JE N'AI FAIT QUE ME CHERCHER DES EXCUSES... C'EST LAMENTABLE !
J'AURAIS DÛ DEMANDER À HASHIBA DE S'EN CHARGER.
J'AI ÉTÉ VRAIMENT NUL SUR CE COUP-LÀ !

AAA AH...
POUF
JE DEVRAIS PEUT-ÊTRE ARRÊTER L'ATHLÉ-TISME...
J'EN AI MARRE ...
TUUUT
TUUUT
ÇA ME FATIGUE TOUT ÇA.
SSST
TWIP
TUUUT
TUUUT
GRRRRR
TWIP
OUI, ALLÔ ?!

TU POURRAIS DÉCROCHER UN PEU PLUS VITE !
...
OUI... SUZU...
BING
BOUM
AÏE !
EXCUSE-MOI, J'AI FAIT TOMBER LE TÉLÉPHONE...
OUI... QUOI ?
...
RIEN ...
HEIN ?

JE NE TE DÉTESTE PAS, TU SAIS !
TU VAS DEVOIR ASSURER POUR LA COURSE DE RELAIS !
HEIN... ?
JE N'AI PAS ENVIE QUE TU ME METTES TOUT SUR LE DOS SI TU PERDS !
SALUT !
TWIP
GATAM
...

COMPTE SUR MOI !
JE VAIS TOUS LES LAISSER SUR PLACE !
ÇA VA ÊTRE GÉANT !
JE VAIS ME DONNER À FOND !
BOUM
...
BAM
FAIS UN PEU MOINS DE BRUIT, YAMATO !

旭湯
POUR QU'ELLE AIT PRÉFÉRÉ ME TÉLÉPHONER, C'EST QU'ELLE DOIT ÊTRE TRÈS TIMIDE...
TOUT EST BIEN QUI FINIT BIEN !
C'EST MIEUX DE DIRE LES CHOSES, PLUTÔT QUE DE LES GARDER POUR SOI !
CLOC CLOC
TCHACK
ENFIN, MAINTENANT, NOUS ALLONS POUVOIR NOUS PARLER À NOUVEAU NORMALE-MENT.

涼風 SUZUKA

#58
CHOIX

AAAH !
SUZUKA !
BONJOUR !
EUH ...
OH...
BONJOUR !
TU AS UNE DRÔLE DE VOIX...
BON SANG ! QU'EST-CE QUE JE FAIS ?
DÉPÊCHE-TOI, LES AUTRES VONT FINIR PAR NOUS ATTENDRE !
CLONG
CLONG
EUH... OUI...
...

BIZARRE...
JE CROYAIS QU'ON S'ÉTAIT RÉCONCILIÉS...
JE NE SAIS PAS COMMENT ENGAGER LA CONVERSATION AVEC ELLE.
CE N'EST PAS NOTRE PREMIÈRE DISPUTE...
JE NE COMPRENDS PAS...
YAMATO !

ALORS ?
VOUS VOUS ÊTES RÉCONCILIÉS ?
EUH... MOUAIS...
HUMPF
VRAIMENT ?! C'EST GÉNIAL !
ENFIN... C'EST-À-DIRE QUE...
QUOI... QU'EST-CE QU'IL Y A ENCORE ?
OH, RIEN... JUSTE UN PETIT DÉTAIL QU'IL ME RESTE À RÉGLER !
HEIN... ?
AH... BIEN ! ON S'ENTRAÎNE, CE SOIR ?
NON, PAS CE SOIR, J'AI UN TRUC À FAIRE !
AH BON ...
TU ES SÛR QUE ÇA VA ?

TU TE CROIS OÙ ?
TU AS VU LA TONNE DE LINGE SALE QUE TU LAISSES TRAÎNER ?
ÇA VA FINIR PAR POURRIR !
QU'EST-CE QUE J'Y PEUX ? JE N'AI PAS LE TEMPS DE M'EN OCCUPER, J'SUIS DÉSOLÉ !
TU DEVRAIS FAIRE QUELQUE CHOSE, PARCE QUE TU N'AURAS PLUS RIEN À TE METTRE DEMAIN !
GATAM
D'ACCORD, JE VAIS À LA LAVERIE !
PFFF...
MIAOU
MIHO RESSEMBLE DE PLUS EN PLUS À TANTE AYANO...
STAP
STAP
ELLE N'ARRÊTE PAS DE RÂLER !

STAP
JE N'ENTASSERAIS PAS AUTANT DE LINGE, SI ON AVAIT UNE MACHINE À LAVER !
STAP
RLAAAAH
PURITY
乾燥機
2
PURITY
PURITY
乾燥機
PURITY
ソフター

SUZU-KA... ?!
TOI AUSSI, TU ES VENUE FAIRE TA LESSIVE ?
HMM...
À CAUSE DU CLUB D'ATHLÉTISME, ON N'A JAMAIS LE TEMPS DE LA FAIRE, HEIN ?!
FLOUF
FLOUF
洗濯機の使い方
JE LAVE MON LINGE QUAND MÊME PLUS SOUVENT QUE TOI !
BAM
AH...
VRAI-MENT...

BROM
BROM
SANYO
COIN WASHER 45
¥200
BROM
BROM
EUH... HUM...
WEEKLY
J'AI DEUX BOULETTES DE VIANDE AUX POMMES DE TERRE, TU EN VEUX UNE ?
NON, MERCI.
AH...
BON...

À TON AVIS, ENTRE MASHIBA ET SAWAMURA, QUI VA GAGNER ?
MOI, JE...
...
BROM
BROM
PAF
BROM
BROM
ET SI TU ALLAIS FAIRE QUELQUES COURSES ?
HEIN ?
JE N'AI PAS DE COURSES À FAIRE...
ET PUIS JE LIS MA REVUE...
...
BON ...

QU'EST-CE QU'ELLE A ?
ELLE A L'AIR DE TRÈS MAUVAISE HUMEUR...
ELLE NE SUPPORTE PEUT-ÊTRE PAS MA PRÉSENCE...
HMM... ?
EUH... SUZUKA ! ÇA FAIT UN MOMENT QUE TA LESSIVE EST FINIE !
EUH... HUM...
...
TON LINGE VA ÊTRE TOUT FROISSÉ...
ÇA SUFFIT !
GLOUPS
NON... ELLE M'A DIT QU'ELLE N'ÉTAIT PLUS FÂCHÉE...

AH... MAIS ...
OK !
AH...
JE NE PEUX PAS LE SORTIR !
POUR-QUOI ?
TU NE VEUX QUAND MÊME PAS...
QUE JE SORTE TOUT MON LINGE DEVANT TOI, NON ?!
EUH... ?
POUR-QUOI ?
TU NE PIGES PAS ? JE NE VEUX PAS QUE TE VOIES MES DESSOUS !
...

AH D'ACCORD, JE COMPRENDS !
C'EST DONC ÇA QUI LA RENDAIT SI NERVEUSE !
EXCUSE-MOI, JE N'AVAIS PAS CAPTÉ !
JE VAIS ALLER FAIRE QUELQUES COURSES !
GATA
HÉ... ATTENDS !
OUI... QUOI ?
...
ON PARTAGE... ?

ON PARTAGE QUOI ?
TES BOULETTES ! EN FAIT, JE CROIS QUE J'AI UN PEU FAIM !
ALORS FINALEMENT, TU EN VEUX ?!
ÇA T'ENNUIE ?
NON, PAS DU TOUT ! VAS-Y, RÉGALE-TOI !
洗剤
PURITY
EH, ATTENDS UNE MINUTE !
ORDINARYE
QUOI, ENCORE ?
J'AI UN PEU HONTE DE MANGER DES BOULETTES TOUTE SEULE, ICI...
TU RESTES UN PEU AVEC MOI ?
COIN WASHER 4
HEIN ?

TU ME DIS DE PARTIR, PUIS TU ME DIS DE RESTER...
DÉCIDE-TOI UNE BONNE FOIS POUR TOUTES !
D'ACCORD !
ON MANGE ET TU PARTIRAS APRÈS !
TU AS UNE DRÔLE DE FAÇON DE DEMANDER LES CHOSES, TOI !
FINALEMENT, JE N'EN VEUX PLUS !
GRMBL
OH NON, TU NE VAS PAS TE METTRE À BOUDER, MAINTENANT ?!
TU POURRAIS ÊTRE UN PEU PLUS POLIE...
QUOI ? ÇA TE POSE UN PROBLÈME ?
TU ES INCROYABLE, TOI... !
...
QUEL CARACTÈRE... !

ELLE SE CROIT PARFAITE, MAIS EN RÉALITÉ, ELLE EST ENTÊTÉE ET LUNATIQUE...
ELLE NE SAIT JAMAIS CE QU'ELLE VEUT ET ELLE EST CAPRICIEUSE...
ORDINARYE
07
BON SANG...
CETTE FILLE N'EST VRAIMENT PAS UN CADEAU...

TU M'ÉCOUTES QUAND JE TE PARLE ?!
HEIN... ?
C'EST PAS VRAI !
REDESCENDS UN PEU SUR TERRE !
GLOUPS
EUH... OUI...
JE FINIS MA BOULETTE ET JE M'EN VAIS !
PRENDS TOUT TON TEMPS !
OUI, D'ACCORD !

FWUUUHHH
EH BIEN...
J'AI BEAU ESSAYER DE ME PER-SUADER DU CONTRAIRE...
JE SUIS TOUJOURS TRÈS AMOUREUX DE SUZUKA...

VOICI TON THÉ, MIHO !
POC
MERCI !
J'ESPÈRE QUE YAMATO S'ENTRAÎNE DUR...
ET QUE CETTE FOIS, IL VA ASSURER LORS DE LA COMPÉTITION !
OUI, ESPÉRONS QU'IL NE SE RIDICULISE PAS UNE NOUVELLE FOIS...
HEIN, GORO ?
MIAOU
JE SUIS SÛRE QUE SUZUKA ASSURERA SANS PROBLÈME !
OUAIS !
JE PENSE QU'ELLE FERA ENCORE UN BON SCORE, CETTE ANNÉE.
ELLE A FINI TROISIÈME AUX DERNIERS CHAMPIONNATS INTERSCOLAIRES !

#59
RÉSIGNATION

CHAMPIONNAT INTERSCOLAIRE 2004
TROISIÈMES ÉPREUVES ÉLIMINATOIRES D'ATHLÉTISME
SU-ZUKA...

JE ME DEMANDE...
SI JE NE DEVRAIS PAS LUI FAIRE UNE DÉCLARATION...
...
SEULEMENT, ELLE M'A DÉJÀ JETÉ UNE FOIS...
AAAAH
JE N'AI PAS ENVIE QUE ÇA RECOMMENCE !
MAIS ÇA NE M'A PAS SERVI DE LEÇON...
JE L'AIME TOUJOURS...
SI JE LUI FAIS UNE DÉCLARATION...
ÇA NE FERA JAMAIS QU'UN ÉCHEC DE PLUS À INSCRIRE À MON PALMARÈS...

MAIS, EN FAIT...
JE NE SAIS PLUS POURQUOI ELLE M'AVAIT REPOUSSÉ...
D'APRÈS ELLE, C'EST PARCE QU'ON NE SE CONNAISSAIT PAS ASSEZ.
MAIS C'EST FAUX...
KAIM
KAZUKI ÉTAIT UN CHAMPION D'ATHLÉTISME, IL N'AVAIT QU'UN AN DE PLUS QUE SUZUKA.
UNE SACRÉE VEDETTE !
C'ÉTAIT SON IDOLE...
KAZUKI TSUDA, LE ROI DE LA COURSE...
...
SSST
C'EST CLAIR...
À SES YEUX, JE NE SUIS RIEN...

JE SUIS SÛR...
125
QU'AU-JOURD'HUI ENCORE...
TU CHERCHES ENCORE UN MOYEN POUR APPÂTER SUZUKA ?
SHRIIIF
HEIN ?

TU DEVRAIS ALLER TE PRÉPARER, SINON TU VAS ÊTRE À LA BOURRE !
WHAA, C'EST HAUT, ICI !
J'AI ENCORE LE TEMPS...
QU'EST-CE QUE TU VIENS FAIRE ?
HMM ? JE SUIS VENU MATER LES GONZESSES !
CELLE-LÀ... 78 POINTS !
ET CELLE-LÀ... 60 POINTS !
ON DIRAIT QUE TU T'AMUSES ...
OUAIS, JE RÊVE DE ME FAIRE TOUTES LES FILLES DE L'UNIVERS !
N'IMPORTE QUOI...
WAH
WAH
POURQUOI ? ÇA T'AMUSE DE COURIR, TOI ?!
HEIN ?

TU AS ÉTÉ SÉLECTIONNÉ POUR LA COURSE DE RELAIS, PARCE QUE TU COURS VITE.
ILS SONT TOUS EN ADMIRATION DEVANT TOI...
MAIS ÇA N'A PAS L'AIR DE TE RÉJOUIR...
SI, JE SUIS CONTENT...
AH OUI ?
JE CROIS QUE TU MENS !
TU AS BIEN REJOINT LE CLUB D'ATHLÉTISME POUR TE RAPPROCHER DE SUZUKA, NON ?!
MAIS RIEN... SUZUKA ET MOI, ON EST JUSTE...
...
OK, JE L'AIME TOUJOURS...
J'EN ÉTAIS SÛR !
QU'EST-CE QUE TU COMPTES FAIRE, MAINTENANT ?

MAIS C'EST PEINE PERDUE...
QUOI ? TU AS LA TROUILLE PARCE QU'ELLE T'A DÉJÀ PLAQUÉ UNE FOIS ?
...
NON, CE N'EST PAS ÇA...
JE TE CHERCHAIS PARTOUT, YAMATO !
MIYA-MO-TO ?
TU ES VENU MATER LES FILLES, TOI AUSSI ?
AH ! TRÈS DRÔ-LE !
JE TE RAPPELLE QUE JE SUIS LE CAPITAINE DE L'ÉQUIPE...
JE ME SENS UN PEU NER-VEUX...
ALORS, JE SUIS VENU ME DÉTEN-DRE UN PEU.

FRANCHEMENT, JE NE T'IMAGINAIS PAS DEVENIR LE CAPITAINE DE L'ÉQUIPE.
AH AH ! COMME QUOI, TOUT PEUT ARRIVER !
FWUUUUUUUH
MAIS C'EST VRAI QU'À L'ORIGINE...
C'EST KAZUKI TSUDA QUI AURAIT DÛ ÊTRE LE CAPITAINE !
HEIN ?
TSUDA...
JE NE CROIS PAS QUE VOUS L'AYEZ CONNU...
SUZUKA ET MOI, ON ÉTAIT AU COLLÈGE AVEC LUI...
IL EST DÉCÉDÉ DANS UN ACCIDENT DE VOITURE, IL Y A DEUX ANS.

C'ÉTAIT UN IDIOT PRÉTENTIEUX ET SANS SCRUPULE...
IL FALLAIT TOUJOURS QU'IL AIT LE DERNIER MOT AVEC SUZUKA.
MAIS, QUAND IL S'AGISSAIT D'ATHLÉTISME, IL N'ÉTAIT PLUS LE MÊME.
À LA DERNIÈRE COMPÉTITION À LAQUELLE IL A PARTICIPÉ, IL A BATTU LE RECORD NATIONAL DU 100 MÈTRES.
AH OUAIS ?
C'ÉTAIT UN MEC ÉTONNANT...
IL AVAIT SANS DOUTE UN TAS DE DÉFAUTS...
MAIS IL ÉTAIT LE PILIER DE L'ÉQUIPE !
TU CROIS QUE SUZUKA ÉTAIT AMOUREUSE DE LUI ?
HEIN ?
QUOI ?

DISONS...
QU'IL ÉTAIT LOIN DE LUI DÉPLAIRE !
ELLE VA DE TEMPS EN TEMPS SUR SA TOMBE...
JE CROIS QU'ELLE A ÉTÉ TRÈS AFFECTÉE PAR SON DÉCÈS.
...
SURTOUT NE LUI DITES PAS QUE JE VOUS EN AI PARLÉ...
ELLE SERAIT FÂCHÉE.
OK !

BON, J'Y VAIS.
TÂCHE D'ÊTRE LÀ POUR LE DÉPART.
OUAIS ...
JE COMPRENDS MIEUX ...
TU PENSES QUE TU NE FAIS PAS LE POIDS COMPARÉ À KATSUKI TSUDA ?!
ET TU AS PEUR DE TE PRENDRE À NOUVEAU UN RÂTEAU !
FERME-LA...
JE ME METS À TA PLACE...
ÊTRE UN TYPE BIEN, UN BON COUREUR...

ET UN CHAMPION PAR-DES-SUS LE MARCHÉ...
CE N'EST PAS DONNÉ À TOUT LE MONDE, PAS VRAI ?
...
AAAH, FERME-LA !
FERME-LA ! FERME-LA !
TU ME CASSES LES PIEDS !

QUI EST-CE QUI CRIE COMME ÇA ?
C'EST SANS DOUTE UN MALADE !
OH...
YAMA-TO ?
QUI EST-CE ?
IL VIENT DE QUELLE ÉCOLE ?
JE SAIS PAS...
GLOUPS...
IL FAUT TOUJOURS QU'IL SE FASSE REMARQUER...
IL ME FAIT HONTE !

NON MAIS T'ES TOMBÉ SUR LA TÊTE OU QUOI ?
TU M'AS FOUTU LES JETONS !
MAINTENANT, LES CHOSES SONT...
PARFAITEMENT CLAIRES !
SUZUKA EST ENCORE AMOUREUSE DE LUI...
ET MOI, JE NE PEUX QUE ME PRENDRE UN RÂTEAU...
C'EST ÉVIDENT !
J'AI BIEN RÉFLÉCHI...
À CE QUE J'ALLAIS FAIRE !
ET...
ÇA DONNE QUOI ?

J'EN AI MARRE DE DÉPRIMER...
HMM... ?
J'AI DÉCIDÉ DE DEVENIR CHAMPION NATIONAL !

T'EN AS PAS MARRE DE RACONTER DES ÂNERIES ?
T'ES COMPLÈTEMENT MALADE !
LA FERME !
JE NE SAIS PAS POURQUOI...
MAIS JE SAIS QUE C'EST LA BONNE SOLUTION !
136
DERNIER APPEL POUR LES COUREURS DU 100 MÈTRES HOMME...
LES ATHLÈTES SONT PRIÉS DE REJOINDRE LA LIGNE DE DÉPART !

PETIT MANGA DÉTENTE

SI VOUS VOULEZ BIEN M'OUBLIER UN PEU...

PREMIER JOUR

PREMIER JOUR

LA CÉRÉMONIE FUT SUIVIE D'UN DÎNER.
OUF, JE PEUX ENFIN ME DÉTENDRE...
HÉ, SEO !
NOUS COMPTONS SUR TOI POUR NOUS FAIRE UN DISCOURS À LA FIN DU REPAS !
JE NE SAVAIS PAS !
JE ME SUIS FAIT AVOIR.
QU'EST-CE QUE JE VAIS POUVOIR RACONTER ?
S'ILS POUVAIENT M'OUBLIER...
UN PEU AVANT LA FIN DU REPAS.
JE T'AI ARRANGÉ LE COUP.
SYMPA, NON ?
もしゃ
QUOI ?
IL AURAIT PU ME LE DIRE PLUS TÔT.

DEUXIÈME JOUR

TROISIÈME JOUR

PENDANT LA SÉANCE D'ENREGISTREMENT.
ÇA ENREGISTRE !
L'AMBIANCE ÉTAIT PLUTÔT TENDUE.
NOTRE AUTEUR...
WOUAH !
SUPER !
EST BÉAT D'ADMIRATION.
M MITSUYA EST TRÈS EXIGEANT. PENDANT L'ENREGISTREMENT, IL N'ARRÊTE PAS DE DONNER TOUTES SORTES D'INSTRUCTIONS SUR UN TON TRÈS SÉVÈRE.
ÇA NE VA PAS !
RECOMMENCE !
VOUS ÊTES PRÊTS ?
TRÈS SÉVÈRE !
UN GRAND PROFESSIONNEL.
ET NOTRE AUTEUR...
DITES, VOUS AVEZ ENCORE CHANGÉ DES RÉPLIQUES !
LÀ AUSSI !
AH BON ?
SE FAIT, LUI AUSSI, RÉPRIMANDER...

QUATRIÈME JOUR

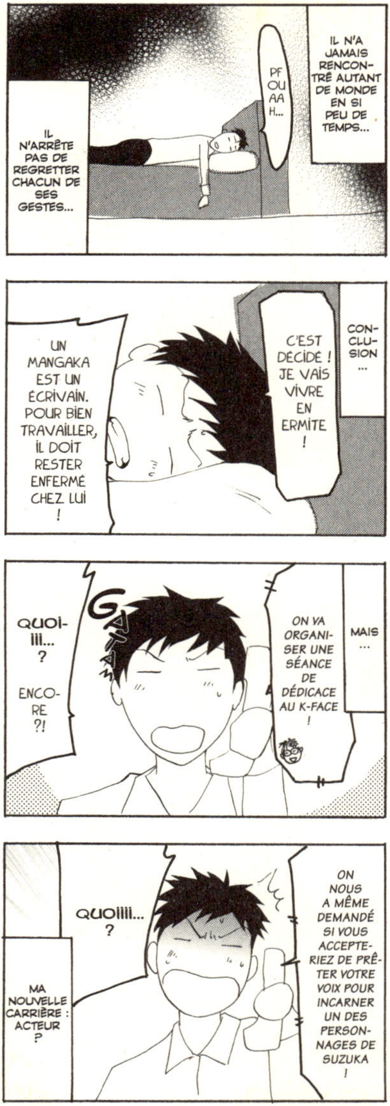

À SUIVRE ?

Titre original :
SUZUKA, VOL. 7

First published in Japan in 2005
by Kodansha Ltd., Tokyo.
Publication rights for this french edition
arranged through Kodansha Ltd., Tokyo.

French translation rights : Pika Édition

Traduction : Nathalie Térisse
Adaptation : Jean-Michel Bourquardez
Création d'illustrations : Pika Graphics

ISBN : 978-2-84599-884-1
Dépôt légal : juin 2008
Imprimé en Italie par L.E.G.O. S.p.A. - Lavis TN
Diffusion : Hachette Livre

ATTENTION !

Ceci est la dernière page
du septième épisode de Suzuka.
Pour lire le début de ce volume,
il faut retourner le livre.

Une petite explication vous donnera
le mode d'emploi du sens de lecture,
fidèle à l'original, de droite à gauche,
selon le souhait de son auteur,
Kouji Seo.